ひかりちゃん☆が街の様子を見に行くと、
電気も水道も、止まっていました。

ひかり☆：　「うわぁ～たいへんだぁ～、
　　　　　　あれ？みんな一列に並んでいる。何してるのかなぁ」

みんなは、給水車からお水をもらっているのでした。

男の子：　　「おじさん、ありがとう。お水大切に使うね！」
男の子は、ぺこりと頭をさげていいました。

Hikari-chan☆ went to the town to see what was happening.
She found that the power was out and water was not running.

Hikari☆:　　"Oh, no! We are in trouble!
　　　　　　What is that? Everyone is making a line. What are they doing?"

Everyone was getting water from a water service truck.

Boy:　　　　"Thank you, Sir. I will use the water carefully!"
The boy said while bowing his head.

画像内テキスト　　　給水車：Water service truck

おうちに運ばれたお水さん。

男の子は、一口飲んで残りのお水で顔を洗いました。

男の子：「いつもは、ジャージャー、流しっ放しにしていたけれど、
　　　　あぁ、もったいない、もったいない、

　　　　これからは、大切に使うね、お水さん、ありがとう！」

それをきいた地球は、少しうれしくなりました。

The boy took the water home.

First, he had a sip and then used the rest of the water to wash his face.

Boy: "I used to leave the water running.
　　　How *mottainai, mottainai*.

　　　From now on, I will use the water carefully. Thank you, water!"

The Earth heard the boy and became a little happier.

一個のおにぎりさん。

家族で分けて、食べました。

男の子：「いつもは、一人で好きなだけムシャムシャ、
　　　　　嫌いなものは、残していたけれど、
　　　　　食べ物があるって、ありがたいね！
　　　　　おにぎりさん、ありがとう！」

地球は、少し元気になりました。

One rice ball.

The family shared it.

Boy:　"I used to eat all I wanted by myself.
　　　 I also did not finish what I did not like.
　　　 Now, we are so lucky to have food!
　　　 Thank you, rice ball!"

The Earth got a little better.

空にかがやく太陽さん、

男の子：「いつもは、スイッチひとつで、
　　　　暖房ボウボウ、電気もコーコー、
　　　　つけっ放しにしていたけれど、
　　　　地球の資源って、限りがあるよね。
　　　　そこにいるだけで、明るくてあったかい
　　　　太陽さん、ありがとう！」

地球は、ますます元気になりました。

The bright sun in the sky.

Boy:　"I used to turn on the heater and lights just by a switch and left them on, but there is a limit to the Earth's resources. The sun is bright and warm just by being there. Thank you, sun!"

The Earth felt much better.

街では、近所の人や通りがかりの人が、声をかけあっていました。

街の人１：　「だいじょうぶですか？」
街の人２：　「だいじょうぶ、ありがとう！」
街の人３：　「手伝ってくれてありがとう！」
街の人４：　「おたがいさま！ありがとう！」

たくさんの"ありがとう"が、みんなを笑顔にしました。

それを見ていた地球も、ほんわか笑顔になりました。

In the town, neighbors and people were checking on each other.

Town person 1:　　"Are you okay?"
Town person 2:　　"I am okay, thank you!"
Town person 3:　　"Thank you for helping."
Town person 4:　　"Same to you! Thank you!"

Many "thank you's" made everyone smile.

The Earth was watching and it gave him a warm smile.

画像内テキスト　　ありがとう・・：Thank you…

ひかりちゃん☆は、うれしくなって
まほうのキラリンスティックをふりました。
　　　　　「アマスタ・セオカ・キラキラきらり～ん☆」
すると、
日本からキラキラキラキラ、小さなひかりちゃん☆が
とびだして、地球をきれいなむらさき色の光でつつみました。

ひかり☆：「あ、かんしゃの心、みつけた！」
そして今度は、世界の国々から"がんばって"の光が返ってきたのです。

ひかりちゃん☆は、地球が一つになったと思いました。

地球：　　「ひかりちゃん☆、もうだいじょうぶ！
　　　　　みんなのおかげで元気になったよ！ありがとう！」
地球はにっこりと、笑っていいました。

Hikari-chan☆ became happy and waved her magic kirarin stick.
　　　"AMASUTA SEOKA KIRA KIRA Kirarin☆"
Then,
small Hikari-chan☆ popped out from Japan with KIRA KIRA sparkles and
slowly covered the Earth with a beautiful purple light.

Hikari☆:　　"Oh! I found kansha no kokoro (heart of gratitude)!"
Then,
a light of encouragement shined back from all over the world.
Hikari-chan☆ thought that the Earth became one.
Earth:　　　"Hikari-chan☆ I am okay!
　　　　　　I got better because of everyone! Thank you!"
The Earth said with a smile.

遠くに見える地球に、紫色の大きな光がともりました。
パパ王さまとママお妃さまはそれをご覧になると、しずかにほほえみました。

ひかりちゃん☆は、
"地球さんが育てたものを大切につかうことが、
地球さんへのかんしゃの心"だとわかりました。

そして、あたりまえの毎日の中に
"たくさんのありがとう"が、かくれていると思いました。

お・し・ま・い

With the big purple light, the Earth looked purple from afar.
Papa King and Mom Queen quietly smiled as they looked at the Earth.

Hikari-chan☆ learned,
"If we want to show kansha no kokoro to the Earth,
 we should take care when using the gifts we receive from the Earth."

Then, Hikari-chan☆ thought,
there are "many thank you's" waiting to be noticed in our every day lives.

The end

虹色じゅもん
<small>にじいろ</small>

"アマスタセオカ
キラキラきらりん☆"

ア　あかるいこころ

マ　まなぶこころ

ス　すなおなこころ

タ　ただしいこころ

セ　せいりせいとんするこころ

オ　おもいやりのこころ

カ　かんしゃのこころ

Rainbow spell

"A MA SU TA SE O KA
KIRA KIRA Kirarin☆"

A　　Akarui kokoro (heart of brightness)

MA　Manabu kokoro (heart of curiousness)

SU　Sunao na kokoro (heart of honesty and acceptance)

TA　Tadashii kokoro (heart of righteousness)

SE　Seiri seiton suru kokoro (heart of cleaning and tidiness)

O　　Omoiyari no kokoro (heart of kindness and sincerity)

KA　Kansha no kokoro (heart of gratitude)

虹色じゅもん

アマスタセオカ
キラキラきらりん☆

- **ア** あかるいこころ
- **マ** まなぶこころ
- **ス** すなおなこころ
- **タ** ただしいこころ
- **セ** せいりせいとんするこころ
- **オ** おもいやりのこころ
- **カ** かんしゃのこころ

平成23年3月11日、東日本大震災が起こりました。
当たり前の生活が、当たり前でなくなった日でした。

食べ物がない、寒いけれど燃料がない、電気はつかない。その中で気がついたのは、降り注ぐ太陽の光が暖かいこと、夜の星が美しいことでした。

近所の人や通りがかりの人の声掛けにも、元気づけられました。そして自然に自分の事より先に人のためになることを考え、行動していました。「共に生きる」・・日本人の魂が目覚めた瞬間だと思います。

あれから5年。建物の復興は進んでいますが、小さなことにも感謝できたあの時の純粋な心は育っているでしょうか。21世紀を生きる子供たちに「何でもない1日が本当はすごくありがたいこと」を伝えたくて、この"かんしゃの心編"を描きました。

制作にあたり、たくさんの方の助言とご協力を頂きましたことに、感謝申し上げます。

平成28年5月　　カンノ　マホ

著者紹介：
宮城県角田市生まれ。絵本作家。2度の海外生活で日本人が世界で尊敬されていることを知り、7つのよい心（＝日本人が尊敬されている心）をもった道徳教育のキャラクター"ひかりちゃん☆"を制作し、親子向イベントや読み聞かせを通して心の教育に携わっている。著書に「キラキラきらりん、ひかりちゃん☆ストーリー、地球で7つの心をさがそう」がある。平成27年、志あるリーダーを育成する"ひかりちゃん☆志スクール"を角田市に開校。一般社団法人文化教育サポーターズ、代表理事。

キラキラきらりん☆ひかりちゃん☆ストーリー　～たくさんの"ありがとう"～

2016年 8月31日　初 版 発 行	絵・文	カンノマホ
	訳	かわむらあや
	協 力	公益財団法人内田エネルギー科学振興財団
		ひかりちゃん☆サポーターズ
		株式会社あきは書館

定価（本体価格1,450円＋税）

発行所	有限会社　メディアハーモニー	発　売	株式会社　　三恵社
	〒981-1505 宮城県角田市角田字寺前182-1		〒462-0056 愛知県名古屋市北区中丸町2-24-1
	TEL:022(466)3515		TEL 052(915)5211
	FAX:022(466)3409		FAX 052(915)5019
	URL: http://www.mediaharmony.com		URL http://www.sankeisha.com

乱丁・落丁の場合はお取替えいたします。　　　　　　　　　　　　　　　　　　　　　　　　©2016 Kanno Maho
ISBN978-4-86487-546-2 C1077 ¥1450E